Dirección y coordinación: Conxa Jufresa
Selección de tipografías: Blanca Hernández

© del texto, David Cirici, 2001
© de las ilustraciones, Marta Balaguer, 2001
© Ediciones Destino, S. A., 2001
Provença, 260. 08008 Barcelona
www.edestino.es
Primera edición: septiembre 2001
ISBN: 84-233-3312-4
Depósito legal: B. 34.460-2001
Impreso por Tallers Gràfics Soler, S.A.
Enric Morera, 15. 08950 Esplugues (Barcelona)
Impreso en España - Printed in Spain

BET Y BUP
Animales y animaladas

David Cirici / Marta Balaguer

EDICIONES DESTINO

Este manzano tiene una manzana.
Bup pregunta:
—¿Quién la conseguirá?

Bet contesta:
—El conejo, trepando sobre la jirafa. Porque la jirafa, sola, no alcanza.

Y el conejo no tiene fuerza para sostener a la jirafa.

Delante del manzano
hay una fresa.
Bup pregunta:
—¿Quién la conseguirá?

Bet contesta:
—La jirafa, porque
el conejo sigue en el árbol.

Al atardecer, todos van a beber agua. Todos menos uno.

Bup pregunta:
—¿Qué animal no está?

Bet contesta:
—El conejo, porque
no sabe bajar del
árbol. (Ni subir a
él si no le ayuda
una jirafa).

Quizás podría saltar,
pero tiene miedo de
que se lo coman
las hienas.

—Tengo miedo, pero
no puedo quedarme
aquí. Voy a saltar
—dice el conejo.

Bup pregunta:
—¿Se lo comerán las hienas?

Bet responde:
—No, porque las hienas están
todas junto al río, bebiendo.

Ya es de noche, y muchos
animales se van a dormir.
La liebre le dice a la tortuga:
—Mi casa está muy lejos,
pero soy rápido y llegaré
antes que tú a la tuya.
Y la tortuga contesta:
—Por más que corras,
jamás llegarás antes.

Bet responde:

—Porque ya está en su casa.
¡Siempre la lleva encima!

Bup pregunta:
—Y esta casa tan rara,
¿de quién será?

Bet responde:
—De una familia de elefantes.

De noche, es difícil saber
quién es quién.
Bet dice que los ojos de
arriba son de la jirafa.
Bup dice que los ojos de
arriba son de un búho.
Y los de abajo son de
una jirafa tumbada.

¡Míralo a la luz de un relámpago!
¡Son dos búhos!
Las jirafas cierran los ojos cuando duermen.
Pero los búhos son nocturnos: duermen de día y cazan de noche.

—Mira: dos búhos más —dice Bet.

—¿Tú crees? —dice Bup.

¡Otro relámpago!
Ya lo ves: son dos jirafas
que no pueden dormir
porque Bet y Bup
no dejan de hablar.
¡Los búhos ya han
salido a cazar!

Y ahora son los ojos de
Bet y de Bup.
—¡Buenas noches, Bet!
—¡Buenas noches, Bup!